When You Are Old
当你老了

[爱尔兰] 威廉·巴特勒·叶芝 著
陈会亮 译

人民东方出版传媒
People's Oriental Publishing & Media
東方出版社
The Oriental Press

图书在版编目（CIP）数据

当你老了 /（爱尔兰）威廉·巴特勒·叶芝著；陈会亮译 . — 北京：东方出版社，2025. 9. — ISBN 978-7-5207-4282-5

Ⅰ . I562.25

中国国家版本馆 CIP 数据核字第 20251Y2X48 号

当你老了

DANG NI LAOLE

作　　者：［爱尔兰］威廉·巴特勒·叶芝

译　　者：陈会亮

责任编辑：金　琪

出　　版：东方出版社

发　　行：人民东方出版传媒有限公司

地　　址：北京市东城区朝阳门内大街 166 号

邮　　编：100010

印　　刷：鸿鹄（唐山）印务有限公司

版　　次：2025 年 9 月第 1 版

印　　次：2025 年 9 月北京第 2 次印刷

开　　本：880 毫米 ×1230 毫米　1/32

印　　张：8

字　　数：180 千字

书　　号：ISBN 978-7-5207-4282-5

定　　价：38.00 元

发行电话：（010）85924663　85924644　85924641

作家小传

叶芝全名威廉·巴特勒·叶芝（William Butler Yeats，1865−1939），爱尔兰著名诗人、剧作家。1865年6月13日，叶芝出生在都柏林的一个画家家庭。受父亲的影响，早年他进入都柏林艺术学校学习绘画，但是对诗歌更感兴趣的他很快就停止了绘画学习。1887年，叶芝一家搬到了伦敦。在那里，他和唯美主义作家王尔德以及莫里斯等人成了朋友，并和一些年轻诗人一起成立了“诗人俱乐部”。

1889年，叶芝出版了第一部诗集《漫游的奥辛及其他诗》，由于诗集的语言富有浓厚的爱尔兰地方色彩，一经推出就引起了巨大反响。这一时期，叶芝认识了爱国主义者茅德·冈，对她十分倾心。于是，他以茅德·冈为理想的化身，写下了很多优美的诗篇。叶芝早期作品主要有《苇间风》（1899）、《在那七片森林里》（1903）、《绿盔及其他诗》（1910）、《责任》（1914）等诗集。这些作品深受象征主义和唯美主义的影响，语言有着浓郁的爱尔兰地方色彩，对读者产生了很大的影响。

叶芝十分支持19世纪90年代到20世纪初的爱尔兰民族解放斗争，他和剧作家格雷戈里夫人发起了爱尔兰文艺复兴运动，为此还组建了阿贝剧院。剧院完成之后，首场演出的就是他的剧作《凯瑟琳伯爵夫人》（1892），该剧作取材于爱尔兰神话凯瑟琳女王的传说，以诗意的手法表达了对自由的向往。之后，他又创作了一些表达爱尔兰民族精神的剧作，如《奥立汉的凯瑟琳》（1902）、《国王的门槛》（1904）、《黛尔丽德》（1907）。

进入20世纪后，受到爱尔兰自治运动的影响，叶芝的诗歌风格发生了很大变化，充满了现实感。在此期间，他主要创作了《1916年的复活节》（1916）、《柯尔庄园的野天鹅》（1919）、《塔楼》（1928）等诗集。

叶芝的诗歌吸收了唯美主义、浪漫主义的精华，具有丰富的想象力，风格十分独特。他因对爱尔兰文艺复兴做出的杰出贡献，而于1923年获得诺贝尔文学奖。后期，叶芝十分注重现实主义和哲理性，风格有了新的发展。主要诗集作品有《盘旋的楼梯及其他诗》（1933）和《新诗》（1938）等。

晚年时期，叶芝预感到第二次世界大战一触即发，世界末日即将到来，对生活充满了恐惧，在妻子的陪伴下到法国休养。1939年1月28日，叶芝在法国南部的蒙顿去世。1948年，他的遗骸运回爱尔兰，葬在了他年少时最喜欢的地方。

授奖词

瑞典学院诺贝尔评委会主席　佩尔·哈尔斯特伦

从年少时开始，威廉·巴特勒·叶芝就在诗歌方面展现出了过人的才华，成了一名当之无愧的诗人。从他的自传中可以看出，在他还是个孩子时，他的心中就充满了对诗歌的激情，这也决定了他和世界的关系。从一开始，他就沿着感性和理性生活所指示的方向茁壮成长。

叶芝出生在都柏林一个富有艺术气息的家庭，美在他的生活中是不可或缺的。而且，他受到的家庭教育也不会只关注传统教育，而是努力满足他对美的需求。可以说，英国是他的第二个“祖国”，他大部分时间都在这里接受教育。不过，对他来说具有决定性的发展却与爱尔兰，特别是相对纯洁的康诺特地区的凯尔特有关。他的家庭在这里拥有一座避暑的别墅。他从民间信仰和民间故事中吸收了富有想象力的神秘主义，这种神秘主义也是当地人民最显著的特色。他身处大自然中，面对着高山与大海，领略自然的魅力。

在叶芝看来，自然的灵魂并不是一个苍白无力的词语。凯尔特人的泛神论认为，大多数人民都具有隐藏在大千世界背后的精神力量。叶芝对于这种信仰坚信不疑，他内在的宗教需要也因此得到满足。有一段时间，他对自然界的生命充满了热情，热切地探寻当代科学精神。他倾听黎明时的鸟鸣，凝视黄昏中翩翩起舞的飞蛾。他从幼年时期就十分熟悉每一天的节奏，根据天然的标记就能判断出具体的时刻。正是由于他和清晨、黄昏的各种声音有着如此亲密的沟通，他以后的诗歌才会展现出很多引人入胜的特征。

叶芝对诗歌非常痴迷，成年之后不久，他就放弃了美术学习，全身心投入到诗歌的创作当中。不过，绘画方面的修养也深刻影响着他的诗歌创作，这主要体现在两个方面：一方面，他对形式与个人风格非常崇拜；另一方面，他解决问题的方式总是十分大胆。他那琐碎的哲学沉思解释了他为什么会有如此独特的性格。

19世纪80年代末期，叶芝定居伦敦。文学界虽然没有为他提供很多积极的帮助，至少和他处于同一阵线。对于一个好胜的青年人来说，这一点显得弥足珍贵。当时，有一种新的思潮正在文学界蓬勃发展——教条的自然科学与自然主义艺术精神，当时很多人对此非常反感，但是像叶芝一样对其十分仇视的人却寥寥无几。他之所以会仇视这种思潮，是因为他是一个唯心主义者，十分注重直观和理想。

自然科学的盲目自信，偏狭艺术的一味模仿现实，使叶芝深感不安。让他更加不安的是，很多人认为，人们只有在集体化、机械化的进步的带领下，才能进入乐土。他感到恐惧的是，在这样一个世界里，感性生活和想象力都会消失，怀疑论会让刻板的人格土崩瓦解。事实证明，叶芝的担心并不是杞人忧天：如今我们真的进入了一个人造的“天堂”。

当时，诗人威廉·莫里斯还提倡了一个更加动人的乌托邦社会，但是像叶芝这样的个人主义者并没有受到吸引。后来，他找到了一条通向人民的途径。在他看来，人民并不是一种抽象的概念，而是他年幼时接触的实实在在的爱尔兰人民。他在人民当中寻找的并不是如今的群众，而是历史的、发展的灵魂。叶芝希望可以唤醒他们，让他们过更加清醒的生活。

虽然叶芝本人生活在纷乱不堪的伦敦文学界，但是他对于爱尔兰民族的一切都感到十分亲切。在夏日回乡期间，他仔细研究了故乡的风气和习俗，对故乡的感情也更加强烈。他初期的抒情诗大部分都以这种感情为基础，受到了英国人民的极大重视，原因就在于：他的素材可以极大地激发想象力，虽然有其独特之处，却又与英国诗歌的一些优秀传统紧密相关。叶芝成功地将凯尔特语和英语完美融合，这一点此前在政治领域并没有实现过，如今在诗的幻想世界中，它成功地实现了。这有着极大的精神意义。

虽然叶芝熟读了英国诗歌大家的作品，但是他的作品却有其独特的风格。诗歌的节奏和色彩发生了变化，似乎进入了另外一个空间——暮色笼罩之下的凯尔特海边。比起英国现代诗歌，叶芝的诗诗歌成分更强，音乐更忧郁，节奏也更柔和，如同一个梦游人平静的步伐。于是，我们可以通过诗歌的这种节奏找到另一种节奏。风在温和地吹着，大自然的脉搏在永恒地跳跃着。当这种艺术达到顶峰的时候，就充满了魅力，但是人们想要理解它却绝非易事。确实，他的艺术总是非常隐晦，需要花大力气才能理解。这种隐晦一方面是由于主题非常神秘，另一方面是由于凯尔特民族的气质。这种气质在深沉和激情中，而不是在清晰明朗中才会更加显著。但是，我们不难在他的诗歌中发现当时的潮流：象征主义和“为艺术而艺术”的特色。叶芝在创作过程中，总是苦心孤诣，用心推敲。

叶芝总是与人民的生产相联系，不会因为一味追求美而让诗歌十分空洞。于是，以他为中心，一批生活在伦敦文学圈的爱尔兰作家掀起了轰轰烈烈的“凯尔特复兴”运动，一种名为“英国爱尔兰文学”的新的民族文学就此诞生。

在这一作家团体中，叶芝最为多才多艺，也最优秀，他为当前十分零散的力量提供了一个共同的目标，唤起了更多人的力量。在他的鼓舞下，这一运动蓬勃发展起来，迅速取得了很大成就。

此时，阿贝剧院出现了。叶芝积极的宣传不但创造了一个舞台，也吸引了为数众多的观众。首场演出的是他的剧作《凯瑟琳伯爵夫人》（1892），这部作品充满了诗意。随后，他又写出了很多以爱尔兰古老的英雄史诗为题材的故事。其中，最动人的要数《黛尔丽德》（1907），这是爱尔兰的海伦的可怕悲剧；《绿盔及其他诗》（1910），是一个富有原始意味的轻快的英雄神话；《国王的门槛》（1904），材料简单，气势恢宏，影响深远。那场关于古代吟游诗人在宫廷中的位置和级别的争论，引发了一个值得热烈讨论的问题：在我们的世界中，精神上的事物到底有什么用，我们到底该用真的还是假的信仰来面对它们。剧中的主角极力宣扬这些是有用的，甚至不惜献出生命，为那些能够让人生变得美丽的诗歌进行辩护。要求所有的诗人都提出这样的主张是不现实的，但是叶芝可以做到，因为他始终充满了理想主义，他总是十分严肃地对待艺术。在这些戏剧作品中，充满了美和纯真。

不过，叶芝在《心欲之地》（1894）中所表现的艺术，最打动人心。这首诗中充满了童话的魔力和春天的气息，旋律清新，如梦似幻。可以说，这首诗是他最为出色的作品。如果他后来没有写下《奥立汉的凯瑟琳》（1902），那《心欲之地》就堪称他最绚烂的诗歌之花了。《奥立汉的凯瑟琳》中充满了浓厚的爱国主义思想，主题是爱尔兰为争取自由而进行的斗争，主角则是爱尔兰自己——她是一个流浪的女乞丐的形象。在这部作品中，我们听到的不是简单的仇恨，而是非常含蓄的痛苦和激情。虽然作者着墨不多，情节也非常简单，但是其中却蕴含着高度纯洁的民族感情，毫不做作。这个主题来自叶芝的梦境，但是他在创作的过程中依然保留了那种天赐的梦幻。不过，这种梦幻对叶芝的美学来说并不算稀罕。

关于叶芝的作品还有很多可以谈论，现在我们就来说一说他最近几年的戏剧创作道路。一般来说，由于素材独特、怪异，他创作的戏剧经常充满浪漫色彩，但在形式方面，他又极力追求朴素的古典风格。这种古典风格慢慢又发展成富有勇气的古语风格。诗人想尽一切办法，要达到所有戏剧艺术的开端都具有的原始可塑性。他敏锐地思考着，该如何将自己从现代舞台上解放出来。现代舞台总是充满布景，这会极大干扰人们想象的意境。在现代舞台上，舞台的灯光会让戏剧的特色得到夸大，可是现代观众要求的却是逼真的幻觉。叶芝想做的，就是将自己脑海里的诗原原本本地搬上舞台，他模仿希腊和日本的经典作品，采用面罩，给演员的动作配上简单的舞蹈伴奏。

虽然这些作品被简化了，风格高度统一，但是由于叶芝的偏爱，其主题还是爱尔兰古老的英雄史诗。剧中的对话非常凝练，合唱具有深沉的抒情调子，让人沉迷其中，甚至只阅读剧本也会产生这样的感受。不过，一切都还在成长期，我们无法断言他所做的牺牲会不会完全通过成就得到补偿。因为这些剧本虽然价值极高，却可能不会像以前的作品那样深受大家的喜爱。

在这些剧作和动人的抒情诗中，叶芝达到了其他作家很难达到的高度：他不但成功地接触了人民，还同时保留了最具贵族气质的艺术。他的诗作产生于一个非常孤傲的、充满风险的背景之下，但是他却一直坚守自己的美学原则不肯放弃。他热衷探索，坚守理想，避免了美学上的空虚。他坚守着祖国的精神，成为其象征并为长久以来一直期待有人为自己表达心声的爱尔兰吐露了心声。因此，我们可以说，叶芝一生的工作是十分伟大的。

获奖致辞

对于我这一生所取得的成就，瑞典这个斯堪的纳维亚半岛的国家功不可没。我曾经在年轻的时候和一位朋友共同对英国诗人布莱克的哲学思想进行注释，这花掉了我们几年的时间。一开始，布莱克是贵国伟大的斯维登堡的信徒，尽管后来他曾对此表示激烈的反对，可到最后还是半信半疑。为了对某些艰涩的诗句进行说明，我的朋友和我不得不求助于斯维登堡的作品。由于布莱克的作品充满奇思妙想，在将近40年的时间里，他对当时英国想象思维的影响，就如同过去40年间柯勒律治所产生的影响一样。他在作品中一向都是注释和反对斯维登堡的，在绘画理论方面也不例外。最近几年，因为我对他个人非常感兴趣，就对斯维登堡的思想进行了研究。因此接到贵国的邀请以后，我来到斯德哥尔摩，我将在这里亲自收罗相关资料，为他的传记做准备。我难以想象，除了易卜生和比昂松的戏剧，我们爱尔兰的戏剧竟然也能被搬到如此大的舞台。可是，如今贵国却让我接受这项重大的荣誉。30年前，很多爱尔兰作家形成学社，对爱尔兰文学大肆抨击。他们心里有个夙愿，只要把爱尔兰文学的粗鲁气息摆脱掉，可能欧洲就会关注到他们。对于他们，我表示感谢，对于那些后来几年中加入我们战队的人，我更要表达自己的感激之情。如今这些人已经和我一样老态龙钟，当我带着这份荣誉回到爱尔兰时，他们会发现他们已经实现了夙愿。我非常清楚，正是因为他们，我才会有今天的成就。

目录

苇间风（1899）

绿盔及其他诗（1910）

责任（1914）

柯尔庄园的野天鹅（1919）

麦克尔·罗巴蒂斯和舞蹈者（1921）

塔楼（1928）

盘旋的楼梯及其他诗（1933）

十字路口（1889）

披风、小船和鞋子

“你在织什么，这么好看？”

“我做了一件衣服，名字叫‘忧伤’。
它的确很美，
它是一件披风，
名字叫‘忧伤’。”

“你在造什么，启航的船帆？”

“我在造一条小船，
‘忧伤’是它前进的方向。
它夜以继日地在海上航行，

那‘忧伤’也不分昼夜。”

“你在用这洁白的羊毛缝什么？”

“我在缝一双鞋子，名字叫‘忧伤’：
无声无息，体态婀娜。
无声无息地
从世人的忧伤经过。”

受到拐骗的孩子

在斯利希森林[1]的陡峭山岗
那被湖水浸润的地方，
有一个葱翠的小岛，
那里有振翅欲飞的苍鹭
惊醒昏睡中的河鼠。
我们把草莓和樱桃
都装进仙桶，
然后藏起来。
人类小孩，快来吧！
到这里来
和精灵携手并进，

① 诗中所提地名均位于爱尔兰斯莱戈郡一带。

因为人世间有很多愁苦你难以理解。

若隐若现的沙滩
被如水的月色照亮了。
我们在罗斯岬的尽头
一晚上都在跳舞，
交替使用各种舞步，
眼神交会、藕臂纠缠，
直到月亮悄然隐匿。
我们穿梭不停
和浪花嬉戏，
而人世却被愁苦包围，
失眠、多梦。
人类小孩，快来吧！
到这里来
和精灵携手并进，
因为人世间有很多愁苦你难以理解。

在曲折的溪水奔涌而出
格伦卡峡谷一泻千里的地方，
蒲草丛中的深渊，
很难有星光照耀，
我们发现了酣睡中的鳟鱼，
之后低声诉说，
搅得它们的梦境不得安宁；
又小心翼翼地经过
稚嫩的小河上
那些泪流满面的蕨草。
人类小孩，快来吧！
到这里来
和精灵携手并进，
因为人世间有很多愁苦你难以理解。

那严肃的孩子，
将和我们一块儿离开：
牛犊在暖暖的山坡上

发出哞哞的叫声
或炉架上水锅的安心浅唱，
再与他无缘。
围着储粮柜跳跃的
褐色老鼠也再与他无缘。
因为那个人类小孩来了，
到这里来了，
和精灵携手并进，
离开了他难以理解的愁苦的人世间。

到水中的一个小岛去

我的心上人，
腼腆地、害羞地
忙碌在炉火前，
一脸忧伤地
在一边躲着。

她把一只只碗碟端过来，
堆到一起。
好想到水中的一个小岛去啊，
我想带着她离开。

蜡烛又被拿来，
照亮了荫蔽的房间。
她羞涩地站在门道，
又羞涩地躲在阴暗里，
像一只兔子一样害羞，
真是贤良又羞涩。

好想到水中的一个小岛去啊，
我想和她比翼双飞。

在柳园里

我曾经在柳园里遇到我的爱，
她迈着雪白的小脚从柳园经过。
当柳条抽芽时，她让我在爱情面前不要那么紧张；
可是我太幼稚，对她的话不敢苟同。

我曾经在河边的草地和我的爱相拥而立，
她曾经把雪白的小手放在我的肩膀上。
当青草茵茵时，她让我对生活不要那么紧张；
可是我太幼稚，现在唯留泪痕。

摩尔·梅吉之谣

孩子们，到我这边来，
向我扔石头可不行啊，
你们就同情下我吧。
我嘀咕着往前走。

我男人是个穷渔夫，
只会念叨着海岸线；
我每天从早忙到晚，
不停地腌鲱鱼。

有时从腌鱼棚走出去，
天上已经挂着一轮皎洁的明月，

双腿接近麻木，
在卵石街上踽踽而行。

我一向身子很虚，
又刚好生了第一个孩子，
白天邻居负责照顾她，
晚上就由我一个人守着。

我躺在婴儿身边，
孩子们慢慢听，
清冷的黎明来临，
我的婴儿冷冰冰的。

倦妇睡意昏沉，
男人气得脸红一阵、白一阵，
他给了我一点儿钱，
要把我赶回肯舍尔老家。

他在我身后把门关上，
对我一顿谩骂。
我安静地一个人出了门，
没看到一个邻居相送。

家家户户门窗紧闭，
孤星散发着微弱的绿光，
小草滴溜溜地转个不停，
从凄清的街头掠过。

我一个人默默前行，
来到马丁牛棚边。
一个好邻居
正忙着赶制早餐。

她听说了我的故事——
我的钱已经花完了。
她鄙夷的眼里尚含同情，

她给我一口吃的、一口喝的。

她说我男人一定会来的，
把我带回家里去。
我进进出出，
一直忙活着。

堆好了木头又堆草皮，
或去井边打水，
我的心里一直放不下我的孩子，
不由独自痛哭流涕。

她一定知道我相信，
只要上帝把门打开，
把星星那蜡烛点亮，
他就会发现受苦受难的人。

孩子们，听完我的故事，

不再向我扔石头，
晶亮的小脸蛋儿都围在我身边，
摩尔·梅吉太令人同情了。

玫瑰（1893）

群 仙 歌

狄阿米德和葛莱尼亚[1]喜结连理，在石栅栏之下相拥而眠，群仙聚在一起唱啊，跳啊！

我们年老了，年老而快乐，
噢，是真的变老了！
成千上万岁
像都在预料中。

把安宁和爱情
赐予这些孩子，世界的新生儿，
还有霜降的漫长夜晚，

① 狄阿米德是爱尔兰传奇中一个老英雄的儿子，长相十分英俊。葛莱尼亚是个美女，和狄阿米德私奔，后被杀害。

以及天上的星星；

让这些孩子，世界的新生儿，
离俗世的宁静远一点儿，
有比这更好，更好的事吗？
那就告诉我们。

我们这些年老的，年老而快乐的，
噢，是真的变老了！
成千上万岁
像都在预料中。

茵纳斯弗利岛[1]

我就要出发，至茵纳斯弗利岛了，
用泥巴和板条在那里修建一座小茅屋，
我要种上九行豆畦，养一箱蜜蜂，
之后就在这片嗡嗡的林地，独自快乐。

我会在那里安和，因为安和会缓缓降落，
从黎明的纱笼往蟋蟀吟唱的地方降落，
那里的午夜星光熠熠、中午紫气东来，
朱顶雀的翅膀在黄昏的天空掠过。

我即刻就要启程，因为湖水
拍打岸沿的声音时刻传入我的耳畔，

① 一个小岛，位于爱尔兰的一个湖中。

每当我在马路或人行道驻足，
它都会在我的心灵深处回荡。

爱的同情

在爱的心灵深处
隐匿着一种难以形容的同情：
那些做买卖的乡亲，
天空中忙成一片的云朵，
呼啸着的阴冷狂风，
还有那幽深的榛子树林，
尽情流淌的灰色河水，
都威胁着我的爱人。

当 你 老 了

当你老了，又无精打采，
炉边小憩时，请把这书卷取下来，
细细品读，并回忆你的目光，
回想它们往昔浓重的阴影。

不管是真心还是假意，
有多少人曾对你短暂的光华或美貌爱慕不已，
可只有一个人爱过你那孜孜不倦的心，
也只有一个人爱过你那沧桑的面颊。

之后你会和火红的炉挡离得很近，
不无哀伤地埋怨，爱情已不再，
它在遥远的高山上踟蹰，
在闪耀的星群中隐藏起来。

白　鸟

亲爱的，真希望我们是海浪上的白鸟！
流星的火焰让我们厌烦，
而暮色中的蓝色星辰已低垂天际，
亲爱的，它在我们的心灵升腾起一种永恒的痛楚。

那些沉浸在梦境中的人，
温润的百合和玫瑰，已面露倦容。
哦，亲爱的，不要再幻想那飞逝的流星的火焰，
或滞留在低垂的露珠上的蓝色星辰。
因为我非常希望我们是在海浪上的白鸟：我和你！

不计其数的岛屿、漫长的达南海滨一直让我魂牵梦绕，
在那里我们会被时间忘却，忧伤也会离我们远去。

不久我们就会远离玫瑰、百合以及火焰的煎熬，
亲爱的，只要我们变成海浪上翱翔的白鸟！

谁跟佛格斯同行

谁跟佛格斯同行，
从高山小径穿过，
在平整的沙滩上翩翩起舞？
年轻人，皱起你的浓眉，
少女，抬起你温柔的眼眸。
勇往直前，满怀希望，
不要深陷于那神秘的爱情中。
因为古铜色的车马、丛林中的重影，
昏暗大海的白色胸膛和乱糟糟的群星
全都在佛格斯的掌控中。

两 棵 树

亲爱的，请关注你的内心，
因为那里正生长着圣木，
圣枝在愉悦中慢慢发芽，
并花开满枝。
群星因为果实的姿色
而拥有了灵动的色彩，
有一种充实蕴藏在它的根部
赐予夜晚安详。
它那繁茂的圣枝摇曳生姿，
赋予了波浪节奏感，
并使得我的嘴唇与音乐完美契合，
将一首魔法之曲献给你。

爱情在那里围成一个圆，
我们时代的炽烈光环，
旋转吧，永不停歇
在那些繁茂、宽广的旅途。
当你想到那风中柔顺的长发，
那轻盈的飞翼仙履，
你的眼中被柔情填满，
亲爱的，请关注你的内心。

离那面带给人苦痛的镜子远一点儿，
魔鬼们要阴谋，
趁我们经过时竖起它，
最多只能看一眼。
因为被摧毁的影像都在那里生长，
那是风暴的赐予，
树根暴露出来，被雪掩映了一半，
枝条已折断，树叶已枯黑。
因为在群魔竖起的黑暗的镜子里，

一切都变成了废墟，
苍老的上帝昏睡时，
制造了这面让疲惫显露无遗的镜子。
一大群迷茫的乌鸦
在破败的枝叶间来来往往，
不停地飞啊，叫啊，
如饥似渴、残暴不堪，
或有几只对风暴报以轻视的目光，
扑扇着破碎的翅膀。唉！
离那面带给人苦痛的镜子远一点儿，
你的眼神会由温柔转向残暴。

致未来的爱尔兰

要清楚，被大家认可为
那群人的忠诚兄弟，我是愿意的，
他们用民谣、故事、俚曲、诗歌，
帮爱尔兰减轻痛苦；
而且，我想和他们并驾齐驱，
因为她那边上镶有红玫瑰的服饰，
在这天使一样的民族被上帝创造出来以前，
她的历史就已经被记录下来；
因为在世界最开始绽放的时候，
她跃动的双脚缓缓下落，
激动着爱尔兰的心儿；
现在依然闪烁着星光之火，

帮助她的脚缓缓上升、下降；
现在，爱尔兰之魂
依然低吟在崇高的静谧中。

也不要觉得我这个人
和台维斯、曼根和费格生[①]完全不能比，
因为我是一个谨慎思考的人，
相比于他们，我的诗要讲得更明确。
上帝只把那若隐若现、悠久而深沉的智慧
赐给沉浸在梦乡中的人。
我的桌子旁，四大元素
带来的各式组合来回踱着步，
化作水、火、土、风，
涌向从来没有被探测过的人的头脑之外，
声嘶力竭是洪水大风。
可是端正行走的人

① 分别指托麦斯·台维斯、詹姆斯·曼根、萨缪尔·费格生，他们都是爱尔兰诗人，都曾积极参与爱尔兰民族主义运动。

一定会和他们历史悠久的眼神相遇。
人类会一直和他们携手前行，
追随那镶有红玫瑰的衣襟。
啊，在月光下起舞的仙女们，
巫师的故乡，巫师的曲调！

我要把我经历的爱、做过的梦
都唱给你听，只要我可以。
从我们出生到最后死亡
只是转瞬即逝的时间，
而我们，我们的歌声和爱情，
却能在时光长河中一直闪耀，
吸引万物，
不停地在我桌子旁踱着步，
这一切正朝它该去的地方走去，
那里真理溶于狂喜之中，
根本不适合谈爱做梦，
因为上帝走过，只留下白色足印。

我在我的诗行里倾入了我的心，
让你们在将来若隐若现的岁月，
会懂得我的心和他们一起前进，
去追逐那镶着红玫瑰的衣襟。

苇间风（1899）

永恒的声音

噢，美好又永恒的声音，停下来吧，
去寻找天堂的卫士们，
要他们遵照你们的心愿去游历，
电光石火，时间已经过去；
你们有没有听说过，我们已经有一颗苍老的心，
任你们嘶叫在鸟声中、山风中、
摇晃的枝叶中、岸边的涛声中？
噢，美好又永恒的声音，停下来吧！

致曾与我在炉火边热烈聊天的人

当这些零碎的达南诗篇流淌出我的笔尖，
对过去时光的回忆填满了我的心灵，
那时我们在炉火边热烈聊天，
谈到了那藏在癫狂分子灵魂中的澎湃，
似乎蝙蝠在枯树林挂着；
还有那些狂放不羁的古代族人，
他们的叹息中，有苦痛、有满足，
只因他们的理想
从不会在善或恶的果实前屈服；
还有前线的士兵，
他们激情澎湃、志得意满，
狂叫着那个禁忌的名字，

他们针锋相对，嘈杂不已，
直到早晨来临，所有都被白色的安宁覆盖，
而他们轰隆隆的长翼和发光的铁足
却依然熠熠生辉。

情人诉说他心中的玫瑰

你的形象，遭遇破败的一切，残缺的一切，
小孩在马路边哭泣，运木车的吱吱呀呀，
耕夫艰难前行，溅起泥巴四处，
绽放在我心灵深处的一朵玫瑰。

那毁损的丑陋之物说不完、道不尽。
我希望重新修葺它们，然后坐在葱翠的山坡，
遥望着重建的大地、天空和流水，像一只金匣，
养育我梦中你的倩影，
那盛开在我心底的玫瑰。

空中的鬼魂①

奥屈力斯柯尔边哼着小曲，
边驱赶着野鹜和雄鸭，
穿过荒芜的哈特湖边
那片高大的芦苇丛。

他发现芦苇已失去了青葱之色，
夜色渐浓，
他幻想着新娘碧丽吉
和她雾蒙蒙的长发。

哼着想着，

① 这首诗是诗人根据家乡妇人唱的古歌谣改写的。

笛声传入他的耳畔，
他吹得太高兴，
他吹得太悲伤。

他看到青年男女
在一块平地上舞蹈，
其中有他的新娘碧丽吉，
那张脸庞充满了喜悦和悲伤。

他被舞者围在其中，
听到了很多动听的话，
一个年轻人给他端来红酒，
一个姑娘给了他白面包。

可是碧丽吉拉着他，
从欢快的人群中离开了，
来见一个玩牌的老人，
他那饱经风霜的双手散发出夺目的光芒。

面包和酒注定是劫难，
因为他们是空中的鬼魂。
他坐着玩牌，
看着她雾蒙蒙的头发发呆。

他和快乐的老者玩牌，
没预料到厄运即将到来，
直到有人把新娘碧丽吉抱起来
从欢快的人群中离开。

那个最帅气的年轻人，
环抱住她，
她那雾蒙蒙的长发
把她的双臂、胸和颈都挡住了。

奥屈力斯柯尔一把扔掉牌，
猛然惊醒过来，

老人、年轻人、姑娘们
已像烟雾一样没了踪迹。

可是高空中传来了笛声，
明显是在边走边吹。
他吹得太高兴，
他吹得太悲伤。

鱼

虽然月落的朦胧为你所用，
成功地在潮汐中隐藏起来，
之后人们也都会知晓
我原本向大海抛掷了渔网，
可是你却不知疲倦地逃跑，
反复从脆弱的银线跨过，
人们会觉得你残暴，
并生气地批评你。

进 入 曙 光

在这疲乏的时代，疲乏的心
赶紧把那些是非的罗网清除掉；
笑吧，迷蒙的黎明又来了；
叹吧，心儿，黎明的露珠又来了。

你的母亲——爱尔兰，不会老去，
一直挂着晶莹的露珠，还有迷蒙的曙光；
即便你已绝望，爱情已腐朽，
损毁在恣肆的熊熊大火中。

来吧，心儿，到那崇山峻岭的地方：
因为有一种神奇的情感存于那里，

日月山河、幽谷森林，
会完成它们的愿望；

而一边的上帝把号角吹响，
时间一直在流逝；
相比于爱情，迷蒙的曙光要柔和得多，
相比于希望，黎明的露珠要可爱得多。

安柯斯的漫游歌

我曾到那榛树林去过，
因为有火焰在心中燃烧，
把树枝砍下来，做成了一根榛木杖，
拴上长线，把一颗浆果钩了下来；
当空中充满白蛾子，
星星在夜空闪烁时，
我在河里投进一颗浆果，
把一条银色的小鳟鱼钓了上来。

当我把它在地板上放好，
回头对着炉火猛吹时，
地板上忽然响起清脆的声音，

有人在叫我；
它变成一个光彩夺目的姑娘，
发梢还有一朵苹果花。
她叫了我一声后就离开了，
消失在一片灿烂的光辉中。

虽然我把各处找遍，
皱纹越来越深，
可是我必定会发现她的踪迹，
紧握住她的手，热烈地亲吻她。
之后从斑斓的长草丛经过，
直到时间结束才停止采摘，
月亮的银苹果，
太阳的金苹果。

老母亲的歌

天一亮我就起来了，跪趴着忙着生火，
火苗发出夺目的光芒；
之后我忙着打扫卫生、烤面包，
直到星星都挂上了天空；
年轻的她们平躺在床上，遐想着
如何才能完美地搭配胸上、头上的丝带；
她们的生活太无聊了，
即便风从头上刮过，也会扼腕叹息；
而我因上了年纪，必须劳动，
那曾经炽热的火种也日渐衰微、冷却。

他记起遗忘的美

当我紧紧抱着你，
我是和美好紧紧相拥，
虽然世间早已遗忘了它；
当大军战败，君主们
把宝冠丢弃在昏暗的水塘；
爱做梦的名媛曾不停地绣着
那些金丝银线的爱情故事，
现在只是养肥了的可恶的蠹虫；
贵妇人曾经在发髻上
编上玫瑰，
把沾上露珠的百合戴在胸前，
从一条条神圣的长廊走过，

焚香的灰云在那里升起，
只有上帝才能睁开眼睛：

因为那美丽的胸部，那意犹未尽的手
从一个更沉迷于梦想的国度，
一个更沉迷于梦想的时间而来；
而当你在不同的亲吻间叹气，
那白衣美神的叹气声也传到了我的耳畔，
因为只要到这个时候，所有都像露珠一样消失了，
只留下火中之火、渊中之渊，
王上之王，
他们把佩剑取下来，
凝神思考着她为什么那么清冷孤寂。

诗人写给他的爱人

我把承载我理想的诗集
无比虔诚地献给你，
当激情洗尽白衣的你
像潮水把鸽灰色沙滩洗尽，
用我那颗更加悠久的心，
当时间的暗火充盈了它：
白衣的你拥有若干美好的愿景，
让我把我那志得意满的诗篇呈献给你。

他曾写给爱人的诗

你的长发被一支金簪卡住，
所有纷乱的卷绺都被扎紧；
这些笨拙的诗都发自我的内心：
它年复一年、专心致志，
用历史上的战争
打造出一种凄婉美。
你只需轻抬如玉的小手，
把长发扎紧，叹息一声，
就会让所有男人都热血沸腾：
朦胧的沙滩被烛光一样的浪花拍打着，
湿润的夜空布满了群星，
只是为了给你提供光明。

致他的心，叫它不要害怕

静一静，静一静，颤动的心，
把古代的名言牢记于心：
谁如果在大火、洪水
和星路间狂吼的疾风面前瑟缩，
那就让大火、洪水和疾风埋葬了他，
因为那孤单又恢宏的队伍
根本不是他应该待的地方。

帽子和饰铃[1]

安静下来的花园里，
伶人正在漫步，
他的灵魂离开了他的身体，
站立在她的窗台上。

他的灵魂离开了他的身体，
身穿笔挺蓝衣的它袅袅上升，
想要温柔一点儿，
说话也变得有智慧。

可是年轻的皇后拒绝听它说，

① 这是在梦中看到的。

身穿灰睡衣的她站起来，
把沉重的窗扉关好，
并插好插销。

猫头鹰已经不再啼叫，
他叫心灵去她那里，
它身穿灵动的红衣服，
一路欢歌笑语进了门。

想象着她如花的秀发，
它的嘴巴像抹了蜜一样，
可是她拿起扇子
把它赶到空中去。

他想“我有帽和铃，
全都拿给她，我去死”。
破晓时分，
她把它们丢在路边。

她紧紧环抱着它们，
就在美丽的秀发下面，
情歌在上空回荡，
直到天空中出现星星。

她把门窗都打开，
心和灵魂都进来了，
火红的心、蓝色的魂
分别到了她的左右手上。

它们像蟋蟀一样鸣叫，
话语间充满了睿智和美好，
她的秀发像待放的花，
爱的安宁在她脚下。

黑 猪 谷

夜幕降临，齐聚了无数的梦；
梦醒过后，无数的箭从眼前飞过，
骑士鬼哭狼嚎地坠马，
耳旁响起大军的嘶吼声。
上面是环状的石岸，
我们在这里耕作，
小山上面砌着石碑，
白昼在露水里沉醉。
人们已经疲倦了觅爵封侯，
向你致敬和致意，
你拥有安静的星辰，
站在火红的门中。

他诉说无瑕的美

哦，云白的脸，梦影的眸，
诗人们终其一生
只为了打造十全十美的美，
甚或只换得女子无意一瞥。

还有天上那无所事事的一群：
因此，当露珠睡意正浓，
直到上帝把时间烧光，
我的心儿宁愿臣服在你和那悠游的群星脚下。

他听见莎草的哀叹声

我一个人流连
在荒芜的湖畔，
莎草的哀叹声传到我的耳畔：
总归有一天，天轴折断，
星空停止运转，
东西方的旗帜
都坠入深渊，
黄道带也崩盘了，
你再也没办法
与你的爱人相拥而眠。

他想到那些中伤爱人的人

微微闭上你的双眼，把长发解开，
想想那些伟人和他们引以为傲的东西；
那些人四处中伤你，
可是这首小诗完全可以对抗那些伟人的骄傲；
我稍微动下笔就可以完成，
他们的后代会说他们信口雌黄。

情人向友人为老朋友辩护

尽管现在你说天气正好，
不管是老朋友，还是新朋友
都争相称赞你，
可不要骄傲，要和气，
要时常记挂老朋友；
时间一天天流逝，
除了那些老朋友，
其他人都不会再看到你的美。

宁静女神

宁静女神去了哪里，
只剩下晃荡的赤褐色头巾？
风惊扰了群星，
吹得我热血沸腾。
噢，如今她启程，
我为什么还能这么淡定？
我的心如今正被
呼唤雷电的语言敲打着。

诗人祈求四大元力

各种生灵不知的元力
已把那永久的玫瑰摘了过来；
即便北斗七星狼狈不堪地飞行，
天龙之座还没有苏醒，
在影影绰绰的幽冥中挣脱沉甸甸的盘曲：
他什么时候才会苏醒？
巨浪、飓风和烈火的宏大元力啊，
请为我心爱的她
唱响你们的圣歌，
这样我才会停止担忧；
请把你们的双翅打开，
把那日夜交织的罗网封存好。

晕晕沉沉的昏暗元力啊，让她放松一点儿，
像一杯无色无味的海水，
当风汇聚在一起，而日月默默
在它多云的杯沿燃烧；
不管她往何处走，
都任由音乐编织的安静流淌下去。

他渴求锦绣天衣

如果锦绣天衣为我所有，
金丝和银线光芒乍现，
那湛蓝，那银辉，那幽暗，
似把时光织进绸缎，
我要把这天衣铺在你的脚下，
可是贫穷如我只有梦想，
我已将它们铺展，
你温柔一点啊，你脚下踩的是我的梦。

杜纳的琴手

我在杜纳奏琴，
乡亲像潮水一样舞动，
表兄在乡当牧师，
兄弟在毛克镇布道。

经过兄弟表亲身边，
他们低头看《圣经》，
我捧着我的歌谣本诵读，
斯莱戈市场有了新货。

一生终于结束了，
彼得在天堂门口正襟危坐，

向三老微笑，
彼得叫我在前面走。

除非厄运来敲门，
好人会一直快乐下去，
快乐喜欢跳舞，
快乐喜欢拉琴；

我一出现在那里，
那里的人们就朝我拥过来，
“这是杜纳好琴手！”
舞蹈起来像浪花飞舞。

在那七片森林里（1903）

在那七片森林里

那七片森林里中鸽子的鸣叫，
菩提树间蜜蜂的哼唱，
都传到我的耳畔，
心灵释放的无用的气愤和过去的伤痛
都被抛弃了。有那么一瞬间，
我把被摧毁的塔拉和坐上王位的
新的庸碌都忘得一干二净，
它在街上肆无忌惮地喊，
并在成排的立柱上挂满了纸花，
这是仅有的一件聊以慰藉的事。
我很知足，因为我很清楚
安静的少女正在鸽子和蜜蜂周围盘旋，
她狂笑不止，把疯狂的心都吞噬了，

而那见机行事的杰出射手，
依然在派克纳利的上空悬挂着那把阴郁的弓箭。

箭

只要你的美浮现在我的脑海里，
这支箭，
生自疯狂的想念，植入我的骨髓。
所有男人在她面前只能卑躬屈膝，
想当初她刚成长为一个女人，
美丽又大方，脸蛋和胸脯
柔嫩的皮肤就如同素雅的苹果花。
现在她这种美更加动人，可是我却
忍不住叹惋那已不可见的过去的美。

追忆过去

纷飞的思绪啊，当白天结束
把过去的回忆叫醒，去跟她说：
“你有如此高尚、激烈又善良的力量，
把一个时代叫醒完全不成问题，让人又想到
之前存在于人们幻想中的那些女王，
这只是你的二分之一：他把悠长的青春
揉进了面团，可是谁又能料到
那一切，不光那一切，眨眼就会消失，
亲切的话语都成了空话？”行了，
如果我们可以对风提出批评，
才能对爱情提出批评；
抑或，如果还要说，也不要再提起
这已经是在指责迷茫的孩子。

不能把真心都献出去

不能把真心都献出去，因为爱情
好像根本不需要用心揣摩，
对于沉浸在爱情中的女人，
好像只需要存在那回事，她们不可能梦到
在多次亲吻下爱情的衰退；
因为所有引人入胜的东西
都是短暂的、梦幻的快乐。
哦，千万不能把真心都献出去，
因为她们，因为所有柔软的嘴巴都会告诉我们，
她们的心已经都奉献给游戏了。
如果爱到聩聋、喑哑、盲目，

看看谁还能出彩？
本诗作者对代价再熟悉不过了，
因为他曾经把真心都交出去过，
之后收获一场空。

枝叶枯萎

当月儿轻声对鸟儿说着什么时，我请求：
“让田凫和麻鹬肆意鸣叫，
我希望听到你快乐、柔和、可心的语言，
因为前途未卜，我的心是漂泊的。”
睡梦中的山谷被桃色的月光覆盖，
我孤身一人躺在溪流密布的埃赫蒂山上。
即便冬天再寒冷，也没有枝叶枯萎，
枝叶枯萎也只是因为我的梦被它们窥见了。

女巫们经过的密林小道、
缀有珍珠的王冠和羊毛的纺锤，
以及神秘的微笑我都知道，湖底最深处是她们的家；

我知道四海为家的月亮最终会去哪里，
当月光变冷时，达南人翩翩起舞，
从海岛的绿茵之上到波光粼粼的白浪之巅。
即便冬天再寒冷，也没有枝叶枯萎，
枝叶枯萎也只是因为我的梦被它们窥见了。

在那安静的国土，
天鹅展翅高歌，却遭到了金色链条的束缚。
国王和王后在其中散步，他们因为
天鹅的歌唱而愉悦，同时又失去希望，
当他们来到智慧失明的地方，只能叹息时间的流逝；
我和埃赫蒂山水间的鸟儿都清楚。
即便冬天再寒冷，也没有枝叶枯萎，
枝叶枯萎也只是因为我的梦被它们窥见了。

凭水自赏的老人

我听见很老、很老的人们说：
“一切都和从前不一样了，
我们相继离开。”
他们的手太粗糙了，就像动物的爪一样，
膝盖既丑陋又曲折，像水边的老荆棘树一样。
我听见很老、很老的人们说：
“所有美好都会像流水
一样随风流逝。”

乱糟糟的树林

哦，快到林中的湖水边去吧，
一蹦一跳的雄鹿和他的夫人
看他们的倒影时，发出叹息——
希望只有你我曾经爱过！

抑或那位足踏银履滑过的白皙、
闪亮的天上女神，当太阳探身向外时的歌吟，
你有没有听到过？——
哦，只有你我曾经爱过！

哦，快到那乱糟糟的树林去吧，因为
我会赶走那里所有的情侣，之后大叫——

哦，我的世界，哦，金灿灿的头发，
只有你我曾经爱过！

哦，不要爱太久

亲爱的，不要爱太久：
我就是因为爱得太久，
后来就像一首老歌，
被人们慢慢遗忘。

即便我们年少气盛时
没办法区分
自己和其他人的想法，
所有人都像是一个人。

可是啊，她眨眼就改变了想法——
哦，不要爱太久，

要不然你也会像一首老歌，
被人们慢慢遗忘。

绿盔及其他诗（1910）

荷马讴歌的女人

当我年轻时，
如果有男人向她靠近，
我就会觉得，他喜欢她。
之后又惧怕得瑟瑟发抖。
可是，最让人痛心的是，
他竟然从她身旁走过，
看都不看我一眼。

对此我又编又写，
到现在连头发都变白了，
我憧憬着自己的思想
已经进步了，

后世会这样评价我：
“她的身姿
通过一面镜子反映出来了。”

当我年轻时，
因为她曾经激情四溢，
她像踩着云朵一样
迈着轻盈的步伐，
一个被荷马讴歌的女人，
人生和文学都似乎
仅是一场英雄梦。

文　　字

我曾经这样想过：
“在这块迷茫而悲苦的土地上，
我的爱人不能理解，
我做过的和要做的。”

之后我慢慢对太阳心生厌恶，
直到我重新理清了头绪，
回忆我曾经做过的最好的事
就是坦诚告诉你。

过去我一直在叫：“到最后
我的爱人会彻底明白我，

因为我已经竭尽全力，
让文字都听我的指示。”

如果她真的这样，谁还能说
筛子里会有什么东西掉出来？
可能，我早就应该把可怜的文字删掉，
之后称心如意地生活。

世间再无特洛伊

我有什么理由指责她让我的生活
充满痛苦，抑或说她最近
把最残暴的方式告诉给无知的人，
或蛊惑小民去大干一场，
只要他们的勇气和渴望是相匹配的？
既然尊贵的心灵已让她拥有炽烈的单纯，
又漂亮，像一张箭在弦上的弓，
高尚、孤单又坚韧不拔，
在现在这个时代，这种人很受拘束。
那要想让她得到安宁，应该给她什么呢？
啊，她天生这样，还有什么是可以做的？
难道她还可以损毁另一个特洛伊？

安　宁

啊，如果岁月可以把一个形体描绘出来，
它会把荷马时代酝酿成怎样的美人
展现出来，以回馈英雄。
“如果不是因为她的一生都被风暴裹挟，
难道画家们就勾勒不出线条如此
尊贵的一个形体？” 我问道，
“她的头颅如此文雅高贵，
妩媚之中又不失坚忍，
健硕之中又不失柔和。”
啊，当岁月把她的形体描绘出来，
和平时代终将到来。

反对不匹配的赞美

让心安静一些吧，因为
那些只想得到一位女子的认同
却无须其他人应和的事情，
不管是谁都不能毁坏。
有这份坚持就够了，
她会让你神采奕奕，
似乎一个梦，一头狮子曾经做过的梦，
激发它野性的梦，
一个存在于你们之间的秘密，
两个趾高气扬者之间的秘密。
难道你还想得到他们的认可？
可是这里有一篇颂词更加尊贵，

在她总是对自己的疏离而感到迷惑的
波折不断的人生里，
她的梦想如何为她
从相同的地痞无赖那里
赢得造谣中伤、背信弃义；
是的，还有比这更糟糕的伤害，
可是她，边走边唱，
非常宁静，一半天真一半骄傲。

种种难题的魅力

各种难题
把我血管中的汁液都榨干了，
把我油然而生的快乐和自然而然的满足
也夺走了。我们的小马
生病了，它好像没有圣洁的血，
没有在奥林匹斯山上追逐云朵，
一鞭子下去，它发抖、抗争、流汗、蹦跳，
似乎满载着负荷前进。我在心中谩骂，
那些必须用五十种方式排练的剧本。
白天要对付所有的无赖、
要处理剧院的事情以及安排人事。
我发誓在天亮以前，
我要找到马厩，把门闩拔掉。

时间带来智慧

虽然枝叶郁郁葱葱，可只有一个根茎；
年轻时谎话满天飞的日子一去不回，
我在阳光里晃动自己的花叶，
如今，我即将凋零为真理。

致一个诗人，他要我表扬某些坏诗人、某些他和我的模仿者

你说，我时常开口表扬
别人所说的话或唱的歌，
你说表扬他们也是一种计策，
难道还有狗会褒奖身上的跳蚤？

面　　具

“把金光闪闪的面具摘下来吧，
尽管祖母绿的眼睛还被镶在上面。”
“不，亲爱的，不要这样做，
只想看看心灵能否充满热情，
粗野又智慧。”

“我只是想看看那里有什么，
是爱情还是谎言。”
“你的头脑被面具填满了
之后又撞乱你的心，
而与它后面的东西无关。”

“可我惧怕你和我为敌，
我一定要弄明白。”
“不，亲爱的，就算如你所说，
又怎么样呢，只要你我心里还有
火焰在燃烧。”

在阿贝剧院[1]（仿龙沙[2]）

尊敬的克瑞文·伊文[3]，请审阅一下
我们的案件。
当我们高声歌唱入云时[4]，数以百计的人都说
假如我们继续飞翔，他们就从这里离开；
又一天，我们又遭到了这数以百计人的嘲讽，
原因是我们的艺术品取材于生活，
那么尖锐，你会希望他们
用漫漫一生把翅翼的飞翔看清楚。
你对他们极尽宠爱，用书本哺育了他们，

---

① 叶芝和格雷戈里夫人在都柏林创办的剧院。
② 指的是法国诗人彼埃尔·龙沙。
③ 爱尔兰首任总统道格拉斯·海德的笔名。
④ 指演出神话传说诗剧。

恨透了他们，请告诉我们——
我们不会说出去的——如何才能赢得他们的欢心。
有无笼头和这位普罗透斯[①]对抗，
他像那多风的海洋一样变幻莫测？
抑或，最让大众失望的人，莫不是
当我们遭到他们的嘲讽，我们就会反过来嘲讽他们？

① 希腊神话中变幻莫测的海神。

这些是云霓

夕阳西下以后，晚霞显现，
那君王已经闭上了灼热的双眼。
弱者把强者制造的东西紧紧抓住，
直到原本高高在上的坠落在地，
一致带来了不和，
之后拉平了所有。
所以，朋友，像你已经把杰出的赛程跑完了，
这些事只会让你变得
更加伟大，
尽管你只叹息孩子们。
夕阳西下以后，晚霞显现，
那君王已经闭上了灼热的双眼。

什么都可引诱我

引诱我不再写诗的理由有很多，
曾经是一个女子的面庞，
更糟的还有，
这蠢人领导之国表面所需；
现在这工作让我得心应手，
它已经习惯了。年轻时的我
从来没有为一支歌付过钱，
诗人总是气定神闲地吟诗，
让人相信他的楼屋藏有雄剑；
迄今为止，如果我得偿所愿，
我会变得又聋又哑、又寒冷，还不如一条鱼。

铜便士

“我还不够成熟。”我喃喃自语，
之后又说，“我已经够成熟了。”
为此，我把一枚铜便士抛向空中
来看看我能否开始恋爱。
“年轻人，去爱吧，去爱吧。
假如你遇到了一位年轻貌美的女士。”
便士啊，铜便士，铜便士，
我已经无法摆脱她的秀发。

啊！爱情这个东西太奸诈了，
世人都太傻，
看不清里面都有些什么，

因为他心里被爱填满了，
直到群星都躲起来，
阴云被月亮吃掉。
便士啊，铜便士，铜便士，
不要太早开始恋爱。

责任（1914）

致友人，他的作品一无所成

现在真相已全部显现出来，
安静地承认失败吧，
那无耻的嘴想说什么，就由他去吧；
你天生带着光环，怎么能和他比。
说了假话也不会害羞
或让邻居替他觉得不好意思。
比胜利更大的困难都被你战胜了，
你转过身，像开怀大笑的琴弦，
在一堆乱石中
肆无忌惮地弹奏着，
意气风发，
因为众人皆知的万事中
最难做到的就是那个。

三 个 乞 丐

癸尔王在他的宫廷里、
宫殿庭院和御水河边信步走着，
对那里的三个老乞丐说：
“你们曾经到四方流浪，
一定可以帮我答疑解惑。
人们究竟是欲望越少，所得越多，
还是欲望越多，所得越多？”
一个乞丐回答道：“人或恶魔
都没办法让疲惫之人得到最多，
除非他们在欲望驱使下绷紧肌肉，
他们又会因为什么这样做呢？”
可是癸尔王神秘地笑道：

“如果这就像亲眼所见一样，
你们三人中必定有一个是有钱人，
因为最先睡着的那个人
会得到一千镑，只要他能
在第三天正午前进入梦乡。”
于是，癸尔王欢呼雀跃地
从御水河边和宫殿庭院离开了，
带着他老年的思想，
留下他们唇枪舌剑。
“假如我获胜了。”一个乞丐说，
“虽然我上了年纪，我依然会说服
一个美丽女子和我同眠。”
第二个：“我会学习一手技艺。”
第三个：“我将跑到赛马场去，
和其他的绅士坐在一起，
在一匹马身上押下我所有的家当。”
第二个：“我又好好想了想，
当个农场主要荣耀多了。”

互相叹息着、嘶吼着：
无所事事生出自大，
生出乞丐的无妄想法，
在他们的嘴里一直唱；
当第二个傍晚把
月亮的迷乱带来时，
没有一个人把充血的眼睛闭上，
只是企图不让他的同伴进入梦乡；
所有人都大声叫嚷着，直到怒发冲冠，
他们互相扭打在一起。
他们厮打着度过了一个晚上；
他们厮打着直到天亮；
他们厮打着过了一整个白天，
直到又过了一个晚上，
或者如果说他们休息一会儿，
他们就坐下来互相指责对方。
当一把年纪的癸尔王来到
这三人面前，给这童话画上句号时，

他们全身是血，上面还沾满了虱子。
“时间到了。”癸尔王叫道，三个人
直勾勾地看着他，双眼充血。
“时间到了。”癸尔王又叫了一遍，三个人
倒在地上，鼾声如雷。

乞丐对乞丐狂吼

“到了舍弃世界，到某个地方去的时候了，
在海风中再次把我的健康找回来。”
乞丐气愤地对着乞丐狂吼，
“在掏空我的脑袋前，把灵魂准备好。”

“有一个满意的老婆和房子，
把我鞋子里的魔鬼[①]去掉。”
乞丐气愤地对着乞丐狂吼，
“和我两腿之间更恶劣的魔鬼。”

“虽然我想找个漂亮的老婆，

① 指漂泊的欲望。

可是也不用太美——先不管这个。”
乞丐气愤地对着乞丐狂吼，
“可是有一个魔鬼躲在穿衣镜后面。”

“她太富裕也不行，因为富裕会牵绊富人，
就如同疥疮会牵绊乞丐一样。”
乞丐气愤地对着乞丐狂吼，
“不会说亲切又诙谐的话语。”

“那儿我自在地被人敬仰，
安静地待在花园。”
乞丐气愤地对着乞丐狂吼，
“黑雁边聒噪边拍打着翅膀。”

《演员女王》中的一首歌

我妈妈边摇我边唱：
“她好小啊，好小啊！”
在柳树下面
挂了个金色摇篮。

“他走了。”我妈妈唱道，
“当有人把我带到床边。”
她的针一直在
那些金丝和银线间穿梭不停。

她把线穿上又咬断，
做了件金色长袍，

她因为她的理想而痛哭，
我天生就该戴王冠。

“我怀上她了。”我妈妈唱道，
“我听到了海鸥的声音，
看到我的大腿上
落下了一团黄色的浪花。”

这样一来，她一定会
在我的发间编入金丝，
希冀我戴上
那怜悯众生的金冠。

青春的回忆

那些流逝的岁月像演了一场剧，
我曾有过孕育爱情的聪慧，
我曾有过敏锐这一天赋，
可是就算我口才再好，
即便她曾经赞美过我，
那凛冽的北风依然带来乌云
突然挡住了爱情的明月。

请不要质疑我所说的每一个字，
她的身心我都歌颂过
直到她沾沾自喜，
脸上焕发出喜悦的神采，

脚步都开始飘飘然，
可是即便赞美再多，我们也只能
看到头顶上的乌云。

我们像石头一样安静地坐着，
虽然她一声不吭，可是我们都清楚
哪怕最美的爱情都难逃厄运，
而且很早就遭到了灭顶之灾，
除非一只最幽默的小鸟的鸣叫声
传至爱情的耳畔，
让她从乌云里把那神圣的明月拽出。

朋 友 们

现在我必须赞颂这三人——
这三位女子创造的快乐
让我的生活变得充盈：
一位[①]是因为大公无私，
没有纠缠不清的忧愁，
在这十五个
水深火热的年份里，
从来没有出现什么
可以阻碍心灵快乐的心境；
另一位[②]是因为她的手
拥有神奇的力量，

① 指的是格雷戈里夫人。

② 指的是曾经和叶芝有过恋情的奥里维·莎士比亚。

可以化开那些不被人理解、
没人拥有，还可蓬勃向上的
年轻人沉重的志向，
直到我被她改变，自此，
我的生活充满忙碌和惊喜。
可是还有一位呢？
她[1]把一切都抢走了，直到我不再拥有年轻
她依然不愿同情地看我一眼。
我要如何对这一位大加褒奖？
每当黎明到来时，
我对我的得失进行计算，
因为她的原因，我很理智，
对她的所有进行回忆，
眼前依然出现那凌厉的眼色，
同时，一股大气的甘泉
从我的心底喷涌而出，
让我浑身都开始战栗。

① 指的是茅德·冈，叶芝曾经向她求婚，但是被拒绝了。

沦落的女王

过去，她只要现身就会有万千追捧者，
包括老人家在内也会投去艳羡的目光，
而今只有这只手，
还和吉卜赛营地某个最后的朝臣很像，
对没落的王权念念不忘，对过去的经历铭记于心。

那笑颜，那颗因此而变得柔美的心，
这些都还没有消失，
可是，我要把过去的经历都记下来。
追捧者仍会聚集，可是他们不知道的是，
在这条大街上，
曾经走过一样东西，像一朵火烧云一样飘过这里。

东方三贤

和平常一样，我再次看到
一张面无血色的脸，出现在凝滞的画像中，
若隐若现地，出现在湛蓝的天空深处。
古老的面孔像被雨水冲刷的石头，
晃动着银色的船舵，
不满对骷髅地[①]的骚乱，
不平静，
所有的眼睛，都投来关注的目光，
希望着，再次找出大地上肆意行走的秘密。

① 耶稣在那里被钉上十字架。

一件外衣

我把一件外衣披在我的诗上面，
全身上下都是
精致的刺绣，
源于历史久远的神话；
可是它被一些愚蠢之人偷走了，
还处处显摆。
我的诗啊，让他们穿吧，
因为要想全身裸露着出门
需要更大的勇气。

柯尔庄园的野天鹅（1919）

柯尔庄园的野天鹅

树木都已换上秋装，
林区小路也不再湿漉漉，
十月的暮光里，湖水清澈，
可以看见安静天空的倒影；
有五十九只天鹅
在充盈的水面上。

迄今已过了十九个秋，
从我第一次数它们；
可是还没来得及查清楚，
它们就忽然腾跃而起。
用抖动的翅膀，

划散一圈圈圆形的水纹。

我曾亲眼看到那些美好的生物，
如今却倍感痛苦。
所有一切都变了，
自从我首次登临
这暮光的湖畔。
听到上空响起它们翅膀抖动的声音，
不忍惊扰到它们。

它们相依相伴，或
在清凉的溪水中畅游，
或是绝地飞升；
它们的心依然年轻；
不管它们在何处徜徉，
都不缺少壮志或热情。

虽然此刻，它们依然在安静的水面漂流，

神奇、祥和；
它们会在什么样的蒲草丛中安家，
在什么样的湖畔或塘边
引人注目？某一天，当我醒来，
发现它们已然杳无踪迹。

人随岁月长进

我在愿景中枯萎，
像一座风化的海神雕像
被埋葬在流水里；
从早到晚，我都瞻仰着
这位女士的美貌，
似乎看到了
从前的美人画像，
因为充实的眼界，
或者敏锐的耳朵而满意，
因为变得睿智而欣喜，
人随岁月长进。
可是啊，可是，

这到底是真是假?
哦，如果我们相遇过，
当时的我还正值年少!
可是我已经在愿景中枯萎，
像一座风化的海神雕像
被埋葬在流水里。

兔子的锁骨

我想象着驰骋在水面上，
去很多
国王和公主去过的地方。
岸上有漂亮的景致，
有大规模的舞会和笛子表演，
懂得，美好的事情是
在舞会上变换的爱侣，
并以亲吻回报亲吻。

我在水边发现，
波浪狠狠地拍打在了兔子的锁骨上，
用一个水钻凿穿它，

从白色轻薄的兔骨看过去，
这让人恨之入骨的旧世界，呈现在眼前，
人们在教堂里举办婚礼，
嘲弄使人平静的圣水，
并讥笑那些在教堂举办婚礼的人。

所罗门致示巴

所罗门亲吻着示巴晦暗不明的脸，
吟唱道：
“从正午开始，
我们就没有挪过地方，
从日中开始到现在，
我们一直以爱情为核心
不停地转悠。
像被困在厩栏里的一匹老马。”

示巴坐在所罗门的膝盖上，
吟唱道：
“如果你能对一个话题探究，

折服有知识的人，
在太阳投射我们的影子以前，
你就会发现，
那个狭窄的厩栏
其实是我的思想，而不是话题。”

所罗门亲吻着示巴的眼睛，
对她说道：
“普天之下
所有男女
都不敢和我们拼学识，
此刻，我们意识到
能把世界关在一个狭窄的厩栏里的，
只有爱情。”

活着的美人

我说，因为灯芯和灯油都没了，
血液的通道也不畅通了，
我让我那不知足的心，
满足于铜铸或使人目眩的大理石
打造的美；
可是它会和我们一起消逝，
相比幻影，
它对我们的孤单更不在意。心啊，我们年事已高，
年轻人才享有活着的美好，
它要的狂泪滔滔，我们付不起。

歌

我原不想用更多
来让青春持久，
如同哑铃和钝剑，
就能让身体保持年轻。
噢，谁能预知
我那颗心已经老去？

尽管我有一肚子的话
可以取悦女人，
我在她身边躺着
却不再神魂颠倒，
噢，谁能预知

我那颗心已经老去？

我的欲望还在，
可是我的心却不见了，
我以为在死亡的温床上，
它会让我的身体燃烧。
噢，谁能预知
我那颗心已经老去？

致一位年轻的美女[1]

亲爱的艺术界人士，你不能无所顾忌地
结交各色人等，
结交各种各样的朋友，
应该选择出色的同伴；
那些总是应和别人的人，
不久就会跌入山谷。

你可以参照镜子，可以
激情四溢，但不要
像普通美女那样大方，
她们天生就是要装扮成

① 指的是茅德·冈。

博瓦莱①笔下那种，
而不是以西结老头的聪慧天使。

我很清楚美女会给多少回报，
她的仆人的生活多么困苦，
还依然歌颂寒冬已经过去；
不会有傻瓜把我当朋友，
可是在人生尽头，
我可以和兰德、邓恩②一起用餐。

① 雅克·费尔曼·博瓦莱，法国画家。
② 这二人都是英国诗人。

致一位年轻的姑娘

宝贝啊，宝贝，
我比所有人都更清楚，
你的心脏为何怦怦跳；
包括你的亲生母亲在内，
都比不上我了解你，
因为她，我受到了莫大的伤害，
现在她不承认
而且已经忘记，
曾经不可一世的想法，
让她热血沸腾，
并散发出灼人的光华。

学　者

秃脑袋把自己的罪恶忘得一干二净，
才高八斗的老脑瓜又秃又光，
对那些诗集进行编辑啊，批注啊；
年轻人晚上睡不着觉，在爱恋中失去了信心，
写下来这些诗句，浅吟低唱，
到美人无知的耳畔去讨好。

全踉跄着前进，冲墨水打喷嚏，
都用鞋子磨蹭地毯，
都想着别人曾经有过的想法，
都认识邻居认识的人。

上帝，他们能说什么，
难道伽图[①]也是这样走路？

① 公元前1世纪罗马的一位爱国人士。

渔　翁

尽管我还看得见他，
一身灰康尼马拉装[①]打扮，
脸上长着雀斑，
到山上幽静的地方
垂钓；
时间已经过去了很久，
自从我首次忆起
这质朴的智者的面庞。
一整天，我都看着他，
希望可以找到我想要
为我民族和现实

① 康尼马拉是爱尔兰风景区。穿着康尼马拉装的渔翁是诗人理想中质朴的智者形象。

描述的风土人情；
我仇恨的活人，
我爱恋的死者，
那未受到指责的邪恶之人，
那在位的懦夫；
那流浪在外的傻瓜，
醉人在为他拍手鼓掌，
那巧舌如簧的才子
他那低俗的笑话；
那狡猾之人把
丑角鼓动的口号喊出来了，
要打倒智者，
取消伟大的艺术。

可能一年以后，
我会对读者的心情视而不见，
再次想象出这样一个人：
他一身灰康尼马拉装打扮，

脸上全是晒出的黑斑，
到岩石漆黑的地方，
他慢慢往上爬，
往水中抛去钓饵，
翻了下手腕；
这个人并不存在，
只是一场梦而已。
我叫道："趁我还年轻
我要给他写一首诗，
热烈和寒冷之间，
正好恰似清晨。"

鹰

“叫鹰下来，
把头罩给它戴上，关到囚笼里，
直到黄眼睛里没有了杀气，
因为肉窖和肉板上面什么都没有了，
那老厨子怒发冲冠，
那帮手快要气疯了。”

“我不愿意戴头罩，
不愿意进囚笼，在手腕上栖息，
现在我懂得了骄傲，
从林梢飞过，
冲破大雾前行，

和云彩共舞。”

“昨晚，你把什么样波涛汹涌的云海
冲决开了，
我脑海中的黄眼鹰？
当在无赖前不知如何是好时，
我竟然当着朋友的面，
假扮一个聪明人。”

对她的赞美

我最想听到她被人赞美，
我在房子里来回走着，
像一个刚把一本新书出版了的人，
抑或年轻姑娘换上了新衣服；
虽然我不断转换谈话主题，
直到最高主题变成赞美她，
一个女人却说她读的新故事，
一个男人似醒非醒，一脸迷茫，
好像他心中有其他的名字。
我最想听到她被人赞美。

我不想再把书本或长期战争作为谈话主题，

而愿前行在干燥的荆木旁，
直到我发现一个避风的乞丐，
交谈间，她的名字出现了，
尽管他全身脏兮兮的，可是他知道她的名字，
而且提到她时神采飞扬：在旧时代，
青年们称赞她，老人们非议她，
穷苦人都赞美她，不管年纪大的，还是年纪小的。

人　民

“那些给我带来了什么，”我说，
“那些所有自己出钱做的事情？
这个粗鲁的城市成天对我骂骂咧咧，
谁是贡献最大的人，谁是名声最臭的人，
他一生的名誉都在这昼夜之间被毁了。
我原本可以，你们知道我有多想吗，
每天在费拉拉[1]院墙的
绿荫中漫步。
或在过去时代的景象中攀爬——
那些被保护得很好的优雅景象——

① 意大利最古老的大学之一。

早上和晚上，从乌尔比诺[①]的陡峻街道
到公爵夫人和人民交谈的地方，
从严肃的午夜经过，直到他们
在宏伟的窗前站着，望着黎明；
我原本可以独自一人，他们和那些人不同，
融合了热情和礼仪，
看到黎明到来，灯芯成了黄色；
我原本可以把本行业允许的重大权利派上用场：
对我的友人进行选择，
对我最喜欢的景致进行选择。”

这时，我的长生鸟搭话斥责我：
“那些醉鬼，窃取公款的人，
那些被我驱逐的虚伪群众，
当我的命运不同以往时，就敢面对我了，
从昏暗的角落里爬出来，对我进行抨击，
有的我照顾过，有的我抚育过；

① 意大利中部的一个古城，以保留大量中世纪风貌而闻名。

可是我不管在什么时候，
都未曾埋怨过人民。”

我可以给出的答复是：
“你以行动为生，而不是以思想为生，
你能维持自然的圣洁，
可是我的优势在研究头脑的界定，
不仅不能把心之眼合上，也不愿沉默不语。”
可是，她的话一直萦系吾心；
我觉得惭愧，九年过去了，
这句话又出现在我的脑海里，
我低下头，深感惭愧。

他 的 凤 凰

在中国有个女王，或许在西班牙
只要一到生日或假日，就会听到人们夸奖
她完美的长相、白皙的皮肤，
可能她是遭到鸟折磨的美丽姑娘；
有一打女伯爵，比群芳还厉害，
或因为画家而变得美丽，
用他玲珑剔透的心把她们的缺点除掉。
年轻的时候，我认识一只凤凰，祝她们一切都好。

年轻人天天都会对嘉碧[①]的笑眼加以褒奖，
更吸引人的是露丝·圣德尼[②]，可是太不幸了，

① 嘉碧·戴丝利斯，法国舞蹈家、女演员。
② 露丝·圣德尼，美国舞蹈家。

从1909年或1910年，帕夫洛娃[①]赫赫有名，
一个美国演员把她的外套拿在手上，跳向房外；
朱丽娅[②]要嫁人了，
用孩子的残暴方式，女人的所有热情。
世上有——无论这样的人还有多少，
年轻的时候，我认识一只凤凰，祝她们一切都好。

还有玛格拉特、玛乔丽、陶萝赛和楠恩，
台夫尼和玛丽寂寂无名，
一个有成群的爱人，另一个却只有一个恋爱对象，
另一个自我夸耀："我选了很久，也只是两三个人。"
无论我说什么，她们都可以肆意飞舞，
只要她们形体优美，脚面又高又轻盈动人，
只是让男人们的心为之沉醉，供她们娱乐。
年轻的时候，我认识一只凤凰，祝她们一切都好。

① 安娜·马特维耶夫娜·帕夫洛娃，俄国芭蕾舞演员。

② 朱丽娅·马娄，美国舞蹈家。

历朝历代总会有一大群粗鲁的人，
有些年轻美人会走得、说得人们头昏脑涨，
可与我的美人相媲美，尽管我的心不认可，
不完全一样，孩童般的单纯
那自豪的眼神像看到了炙热的太阳，
还有完美的漂亮的一切。
那最孤单的事物让我伤心，可是又必须遵从天意。
年轻的时候，我认识一只凤凰，祝她们一切都好。

由普罗佩提乌斯[1]产生的感想

她原本可以尊贵典雅，
包括优美的膝盖和脚趾在内，
她温和而颀长的身姿，
走到神坛，
从雅典娜身畔走过，
与身边的圣像擦肩而过，
当人马兽被美酒灌醉，
刚好是他最满意的收获。

① 古罗马诗人，活跃于公元前1世纪，作品情感丰富，富于变化。

致凯尔纳诺一只松鼠

来，和我一起玩吧！
为什么你从
晃动的树木穿过，
好像我身上带着武器
要杀死你一样？
而我只想
挠挠你的脑袋，
然后让你离开。

有人求战争诗的感想

在如今这个时代，我觉得诗作者
最好不要说话，因为坦白来讲，
我们无力纠正政治家：
诗人已经忙得脚不沾地了，他得给
青春期懒散的少女提供快乐，
在冬夜还要讨好老人。

猫与月亮

猫四处奔跑，
月亮像陀螺一样旋转。
猫趴在地上，想靠近月亮，
抬头看，
米纳罗舍盯着月亮。
它哭泣、晃荡，
而它依然本能地觉得
上苍的清冷寒光让它紧张。

米纳罗舍奔跑在草丛中，
脚步轻盈。
嘿！你跳舞吗？
两个亲密之人聚到一起，

还有什么比跳舞更尽兴。
而绅士美女那些手段，
连月亮都觉得乏味了，
可能她应该跳点新花样。

米纳罗舍穿越在草丛中，
奔跑在月色中。
圣洁的月光
飘移变幻。
米纳罗舍是否知道，
它反复变幻的瞳孔，
从满月到亏月，
从新月到满月的循环反复？

米纳罗舍漫步在草丛中，
孤单、骄傲、聪明，
变幻莫测的双眼
对着变幻莫测的月亮闪烁。

傻瓜的两支歌曲

1

一只家兔、一只花猫
围在我的火炉边
吃饭、睡觉。
它们对我很依赖，
就像我敬仰上帝一样，它们
对我的知识和保护充满了敬仰。

我忽然从梦中醒来，
我担心也许有一天，
会把食物和水都忘记，

还把关门也给忘了。
兔子不知疲倦地奔跑，直到
看到了号角上漂亮的音符和猎犬的牙齿。

我背负重担前行
它使人遵规守纪，
我这个
看似游荡智者的傻瓜
只能向上帝祈祷，
让他减轻我的职责。

2

在火堆旁的三脚凳上入睡，
有小花猫相陪。
我们从没想到去问
褐兔到哪儿去了，
是否门已关好。

谁知道她怎么喝了风，
在拿定主意
提起脚跟跳跃之前，
在席子上伸展双腿？
假如我睡醒了，
呼唤她的名字，她听到了，
或许她还在酣睡。
或许，现在，她已经发现
号角上漂亮的音符和猎犬的牙齿。

傻瓜的另一支歌

这只紫色的蝴蝶，
被囚禁在我手之牢笼中，
它的眼中透露着一种学识，
可怜的蠢人难以理解。

他曾经是一名校长。
脸色阴郁，
他的桦木条和大书
让学生惊恐不已。

就像钟的叮当声，
好听而聒噪，聒噪而好听，
那是他能很好地将玫瑰加入饮食的原因。

麦克尔·罗巴蒂斯和舞蹈者
（1921）

在土星下

不要因为我这一天提不起精神，
就觉得我失恋了，因为我只有
这一个青春，它和我的思维紧密相连；
可是，你带给我的智慧、安慰，
我不会忘记，我的头脑已遨游
在幻梦中，思绪的小马在童年的记忆中
激动：有老杂毛波莱克森，
有米德尔顿，有一个名字你还没听过，
他叫叶芝，一头红发，虽然在我出生以前
他已经死了，可是却给我留下了很深的印象。
一位为我的家族效劳的工人，曾经
在斯莱戈码头附近的大马路上说——

不，更确切地说，是大叫——“你又回来了，
二十年过去了，的确该回来了。”
一个孩子承诺过的誓言出现在我的脑海——
决不离开他的父辈叫作家园的山谷。

玫　瑰　树

“噢，光嘴上说说是很轻巧。”
皮尔斯对康诺利说道，
“可能一句政治俏皮话
就会让玫瑰树枯萎，
可能只是偶然从海上吹来一阵风
就把它吹倒。”

“它需要休养生息。”
詹姆斯·康诺利答道，
“让绿叶重新萌发，
向周围延展，
落英缤纷

让花园引以为傲。”

“我们去哪儿取水好呢？”
皮尔斯对康诺利说道，
“当所有水井都干涸了，
最简单的是：
要想种好一棵真玫瑰树，
必须用我们自己殷红的鲜血。”

为我的女儿祈祷

狂风暴雨再次来临，
在这摇篮的护罩和盖被上方咆哮，
我的孩子进入了梦乡。
只有格雷戈里家的树林和一座秃山作为屏障，
于是，那源于大西洋的狂风，
那铺天盖地的狂风在这里呼啸；
我踟蹰祈祷了一小时之久，
因为我的心头笼罩着巨大的阴影。

为了这个婴儿，我有一个小时流连于此，
海风在塔堡顶上的盘旋声传入我的耳畔，
又盘旋在桥拱底下，

在榆树林里，在如注的溪流上；
在激动的幻梦中，我想象着
将来的岁月。
她已经在激动地舞蹈，
显现在大海那残暴的天真中。

希望她拥有美貌，可是不要
迷乱了陌生人的眼，
或自我陶醉，因为
如果天生太美，
会觉得有美貌就够了，
进而把美好的天性抛置一旁，
还可能不再拥有那种开诚布公的亲昵
所带来的抉择，一生孤单。

海伦[1]这一生已命定平庸，

① 希腊神话中斯巴达国王的王后，后与特洛伊的王子帕里斯私奔，引发了著名的特洛伊战争。

之后为了个傻瓜而徒增烦恼，
而那位诞生于浪花中的大女神[①]，
没有父亲便可以掌握自己的命运，
之后选择和一个瘸腿的铁匠做伴。
事实上那些贵妇人是用
古怪的沙拉来佐餐，
所以丰饶角[②]的意义已不复存在。

对于阿谀奉承，我希望她知道，
天赋并不会带来真心，反之，
那些不是特别漂亮的人却得到真心；
可是很多人却曾经在美貌上
屡屡受挫，直到美貌转变成智慧；
还有很多令人同情的人迷茫过，
爱过，以为自己沐浴在爱河中，
却无法体味仁慈之美。

① 希腊神话中的爱神和美神阿佛洛狄忒，传说她从海上泡沫里诞生，嫁给了瘸腿的火与工匠之神赫菲斯托斯。

② 希腊神话中宙斯送给女神们的母山羊角，象征丰饶、美好。

愿她长成一棵繁茂深藏的大树，
让她可以像红雀一样
快乐地思考，只需要
把它洪亮的歌喉散发出去，
只需要欢乐地追逐，
不需要争吵。
哦，愿她像永恒的月桂一样活着，
在某片宝贵、永久的沃土上深深扎根。

我的思想，因为我所爱的思想，
我认可的那种美
不再繁盛，我的心灵就枯竭了，
可我明白它依然充满了仇恨，
各种霉运占据着有利位置。
假如把仇恨都驱逐出去了，
不管遭受什么样的打击
都不能让红雀离开枝叶。

最糟糕的是一种清醒的仇恨，
所以要让她知道执念是可憎的。
我曾经见过一位最惹人怜爱的女子[1]，
在丰饶角之口出生，
因为她固执己见，
便用那宝角和所有一切
平和的本性才能认识到的价值，
去交换一口力气冲天的破风箱。

只要想到这些，所有仇恨就都不在了，
灵魂回归到它最原始的天真
并意识到这些只是麻醉自我，
自我慰藉，自己吓自己，
明白自己的美好希冀只属于上天；
尽管每张脸都会发怒，
每处的风都会哀号，

①指诗人倾心的茅德·冈。

每个声音都会爆炸，
但她能够坦然处之。

愿她的新郎带她到一所房子里
在那里一切都习以为常，隆重其事；
傲慢和仇恨就像一些毫无价值的东西
在大道两旁兜售。
若非在习俗和礼仪中，
天真和美丽又该如何诞生？
礼仪是丰饶角的名字，
而习俗为繁茂的月桂树。

青春与老年

年轻时他时常怒发冲冠，
被世界欺凌，
但现在他用讨好的语气，
和将要离开的客人寒暄。

丽达与天鹅

激烈的突袭：那双巨大的翅膀不停地
在那摇摆不定的少女身上拍打，他黑黢黢的脚蹼
摸着她的大腿，他的硬喙咬住她的脖颈，
他的前胸和她那脆弱的胸脯紧紧贴在一起。

她仓皇的手指要如何才能推开
那羽状的荣耀，挣脱她松开的腿间？
当那圣洁的香蒲被肉体包围，
当然会感知到它身下那不熟悉的心跳。

腰间的一次不经意抖动竟然
招致城池陷落，房倒屋塌。

直到阿伽门农死去。
被这样征服，
被征服在野蛮的血泪之中
在被无情的鸟喙释放之前，
她是否增长了见识？

拟刻于巴里利塔畔石上的铭文

我，诗人威廉·叶芝，
给我的妻子乔吉修葺了这座塔堡，
取材于旧磨坊的木料和海绿色的板岩，
还有从戈特镇锻造场来的铁器；
希望这些文字能万世长存，
哪怕一切被再次毁灭。

塔楼（1928）

在学童中间

1

我从教室经过时发问不止，
回答的是一位亲切的白巾老修女。
那些孩子在学数学、唱歌、
阅读课本、研究历史，
还有缝纫，每样都很体面，
用最时髦的话来说——孩子们的眼里
闪烁着光芒，盯着
年过花甲的公务人员①。

① 这是叶芝1926年在爱尔兰参议院任职时创作的诗歌，此处的公务人员指的是他自己。

2

一个丽达般的身影在我的脑海浮现，
弯腰看向昏暗的炉火，她正在讲述
一个有着深刻教训的故事，或一件小事
却将充满童真的一天引向悲剧。
讲完以后，也许是由于青春的共鸣，
我们的天性合而为一，
或者，把柏拉图的譬喻借过来，
成为一个壳里的两部分。

3

在回忆那阵悲愤时
我观察了眼前这些小孩，
想着她的童年是不是也是这样——

因为哪怕天鹅[1]的女儿也可以把
涉水者遗产中的某些东西分享。
有如此神采奕奕的脸蛋和头发，
我的心脏由此剧烈跳动：
她鲜活地出现在我的眼前。

4

我的脑海里涌现出她现在的样子——
难道出自十五世纪的大师，
把它打造成颓废、艰苦
并依靠影子来生活的样子吗？
而我虽然从来都不是丽达族类的一员，
可是也曾有过璀璨的羽毛——这就足矣；
最好微笑着面对所有微笑，并让人觉得
这是一个让人舒服的稻草人。

① 宙斯化身为天鹅与丽达结合生下了美女海伦。

5

甜心们已经背叛了
年轻母亲怀里的婴孩，
那时他们一定也呼呼大睡、狂叫，极力想挣脱；
就像前世记忆或药物导致这样。
她能看到他的样貌，
但她能想到六十年甚或更多的
岁月将加诸其身。
什么是对她生子剧痛的补偿？
拿什么回报对孩子前途未知的忧心？

6

在柏拉图眼里，大自然只是浮沫[①]，
在一套迷魂一样的万物范例上嬉戏；
健壮的亚里士多德则挥舞着教鞭

① 柏拉图认为现实世界只不过是精神理念的反映和表象。

对万王之王的屁股进行鞭打；
举世闻名的有着金股的毕达哥拉斯[①]
给无意的缪斯
弹奏着一首星光曲：
稻草人身穿旧衣，诈唬小家雀。[②]

7

修女和母亲们都对影像极为敬仰，
可是那些投射在烛灯下的东西却和
那些可以引发母亲联想的东西截然不同，
只是为了镇定大理石或青铜像。
可是它们也一样让人难过——各位神灵啊，
像激情、忠诚或怜悯之所知的，
还有整个天国的荣誉所代表的——
哦，人类伟业的天生的嘲讽者。

① 毕达哥拉斯，古希腊哲学家、数学家，认为宇宙的运行无不在数学规律之中。传说，他长着金股骨。

② 隐喻哲学家的理论像吓唬小鸟的稻草人。

8

假如身体不会因为讨好灵魂而受伤，
那劳动也像鲜花绽放或舞姿蹁跹；
美不可能源于它对自身不抱希望，
混浊的智慧也不会从半夜的油灯而来。
栗子树啊，枝繁叶茂，
你到底是叶片、鲜花还是枝干？
啊，晃动在音乐中的身体，神采飞扬的期盼，
我们怎么从众多扭动的身躯中找出真正的舞者？

一个男人：青年和老年（十首）

初　恋

她就像高空的一轮明月
在美的冷酷中培育养成，
她时而大胆前进，时而害羞静止，
之后停在我的路前，
我以为她的身心
已然成熟。

可经我手的触碰
却发现一颗冷硬的心，
多种办法我尽尝试

无一成功，
手总是疯狂妄想，
想爱抚月亮。
她的笑颜将我改变，
让我变成一个傻瓜，
这里逛逛，那里走走，
思想越来越贫乏，
像明月离开以后
群星围着天轮空转。

人类的尊严

假如可以这样说，
她的善良像明月一样，
他人尚未理解，
却对所有人一视同仁。
似乎，我的痛苦只是
一幅彩绘墙的底色。

我靠着一棵被伐之树倒下，
就像一块石头失落。
除非我朝飞鸟尖叫，
我心中的哀伤，才能恢复平静，
我对人的尊严保持沉默。

美 人 鱼

一个游泳的少年出现在美人鱼面前，
她要将他据为己有，
紧紧地抱着他，
兴高采烈地潜到水里去；
她忘记了，
残忍的幸福会使爱人溺死。

兔 子 之 死

我注意到那些狂吠的猎狗，

兔子躲到树林里去了，
而当我向她表示祝贺时
她像恋人一样高兴，
眉目低垂，
脸颊绯红。

可是她的神情忽然变得烦躁，
我的心为之一颤，
我想到那丧失了的野性，
后来，她翩然离开，
我独自站立在林中
兔子死去的地方。

空　杯　子

有个疯汉正口干舌燥，
发现了一杯水，
却一点儿都不敢喝，

只想象着，月之诅咒啊，
如果再喝一大口
就会撑破他那激荡的心了。
去年十月，我也发现了一只
干枯得没有一滴水的杯子，
我就这样疯了，
从此没了睡眠。

他的记忆

我们应该对他们的目光视而不见，
只进行纯洁的展现，
且让肢体像荆条一样断掉，
在寒冷北风中站立，
想念远逝的赫克托耳
以及活着的人不知道的事情。

我做过什么，或者说过什么，

女人都不太感兴趣。
她们只想把之前的宠爱抛到一边，
赶紧去听一头驴的叫喊声；
虽然我的胳膊像扭曲的荆条，
可是也曾经有美人在这上面睡过；

全部族最美的女人曾经在这里睡过
并享受到最大的快乐——
强悍的赫克托耳都曾经拜倒在她脚下
她还让整个特洛伊都化作灰烬——
那时她朝我大声叫道：
“如果我尖叫，你就打我。”

他青年时代的朋友

我的嗓子被快乐给毁了，不怪罪时间，
它开始喑哑，
当月亮变大变圆，

我就会开怀大笑，
因为老梅琪抱着一块石头
从巷子出来，
一件外衣把石头包裹着，
她不眠不休地
唱着宝宝睡呀睡，
她曾经狂而不语，
像四散开去的波浪，
以为石头就是自己的孩子。

彼得曾经有过让人惊叹的风流韵事，
他勇气非凡，
他叫嚣道：“我是孔雀之王。”
之后在石头上栖息；
那时我笑得眼泪都出来了，
心儿跳个不停，
想到她是为爱情而叫，
他是为自豪而啸。

夏与春

夜晚，我们在一棵老棘树下
坐着畅聊，
把我们第一次看到光明以来
所有说过或做过的事都说了个遍，
当我们把成长经历讲出来时，
才知道我们曾经将灵魂一分为二，
如果现在让一半和另一半合到一起，
那我们有可能让它再成为一个整体；
说到这儿，彼得表情凶残，
因为他和她好像
在同样的树下
也说起过他们最美好的年华。
啊，想当初那一树春芽荡漾，
还有怒放的鲜花，
那时我们拥有整个夏天。

老年人的秘密

现在我已经对老妇人的秘密有所了解，
她们曾经年轻过，
梅琪把我不敢想的事说给我听，
当我还意气风发。
一个情人溺水而亡，
听上去像一支老歌。

如果玛吉莱和梅琪相遇了，
她会吓得什么话都说不出来，
我们三个一时安静；
我们知道的故事
或我们讲过的话，
如今还在世的没一个人知道。

在所有过去的人中，

这样的男人为何最让女人高兴，
这样的一对为何爱了这么久，
也就只有这一对；
稻草垫床的故事，
或在床上垫上羽毛。

他的狂劲儿

呵，让我跃到
纷乱的云层，
因为伯格、麦格或帕里斯的情人
都把腰板挺得直直的，
他们都已不在人世，
留下的改用麻巾，而舍弃丝绸。

如果当时我在，且没有人听到，
我会让孔雀发出叫声，
对一个活在记忆中的人，

这是再正常不过的事情，
我会因为寂寞养一块石头，
并给它唱安眠曲。

盘旋的楼梯及其他诗
（1933）

洒了的奶

我们思考过、行动过的人，
我们行动过、思考过的人，
多些漫步，步履轻盈，
就像在岩石间抛洒的奶。

19世纪及其后

尽管不再重唱壮歌，
我们尚有兴致幽静；
海潮退下去以后，
岸边的卵石发出清脆的叫声。

三次运动

莎士比亚的鱼在离陆地远远的海里游；
浪漫主义的鱼在网中游，为人所擒，
那边又是些什么鱼，在沙滩上气喘吁吁？

致安·格雷戈里

“不可能有一个年轻人，
因为你耳旁垂挂的
硕大的蜜色堡垒
而觉得没了希望，
只是因为你而爱你，
而不是你的黄发。”

“可是我可以染
各种颜色的头发，
黄色、黑色或红色，
陷入悲伤的年轻人
会因为我而爱我，

而不是因为我的黄发。”

“昨晚上，我听到
一位虔诚的老人说，
他把见证的经文找到了：
亲爱的姑娘，只有上帝，
才因为你自身而爱你，
而不考虑你的黄发。”

选　择

人的理智必须做出选择，
完善生命或工作。
假如选择了工作，就必须
把天国的华厦丢开，去黑暗里怒吼。
当故事都画上了句号，还会有新闻吗？
不管是否幸运，辛苦总会留下痕迹：
曾经的疑惑换回一个空钱包，
或白天的羡慕，或晚上的悔恨。

摇　摆

1

人在诸多极端之间
走他自己的路，
一个火炬，或炽烈的气息
消灭时间中这些
相生相克的事物；
肉体把它叫作死亡，
心灵把它叫作沮丧，
假如这些说法都对，
那快乐又是什么？

2

从一棵树最顶端的树梢起，
分别是炽烈的火焰和绿荫，
露水打湿了茂盛的树叶，
一半是一半，但又是全部，
一半和一半消耗尽了彼此的新生，
在凝神的暴怒和平和的葱翠间
悬挂着阿提斯的肖像，
或许他并无真知，且不晓忧愁。

3

尽你最大努力去得到所有财富，
让野心得到满足，让枯燥的日子变得充满生机，
让阳光充斥生活，
但亦勿忘这些警句：
对于懒惰的男人，所有女人都极尽宠爱，

尽管她们的子女对丰盛的产业有旺盛的需求，
所有生活过的男人都没有充分享受过
女人丰盈的爱和子女的感激。

别在忘川[1]的枝叶之间纠缠不清，
开始为你的死亡做好准备，
从第四十个冬天起，用那个思想
去对所有关乎智慧和信仰的作品，
以及你亲手创作的所有东西进行检验，
视这些事物为生命的奢侈，
它们不适合那些自豪地、傲骄地、
笑逐颜开地面对死亡的人。

4

我的五十岁来了又走了，
我坐着，孤单、落寞，

① 希腊神话中的冥河，亡灵饮其水可把前生给忘了。

在一个拥堵的伦敦铺子前，
面前的玛瑙石桌面上，
一本打开的书、一只空杯子。

当我目不转睛地看着店铺和街道，
我的身体忽然躁动起来；
有二十分钟，
处于巨大的喜悦中，
好像得了祝福，也可以祝福别人。

5

尽管天空的云彩
在夏日暖阳的照射下像镶上了金边，
或者大地被冬日的月光
赶进风暴带来的凌乱图形中，
我不能一直盯着它们看，
责任心让我备受煎熬。

我被多年前说过或做过的事情，
或者我没有说过或做过的
却觉得也许会说或做的事情
折磨，时时刻刻
都在想某些事情
着实让我的良心或虚荣心觉得不可思议。

6

下面是延展开去的河流密布的原野，
新鲜的草香味弥漫四方
伟大的周公，抖落山雪，唱道：
“让所有都随风飘逝吧。”

巴比伦或尼尼微[1]诞生的地方，
奶白色的驴子拉车前行，

① 巴比伦，古代亚洲西南部巴比伦王国首都。尼尼微，西亚亚述帝国首都。

有个征服者把缰绳拉得紧紧的，
向饱受战争折磨的士兵叫道：
“让所有都随风飘逝吧。”

发自人的内心，
时间的枝叶晃动摇曳，
其间有灼灼明月。
所有歌曲在传达什么？
“让所有都随风流逝吧。”

7

灵魂：挖掘出真相，把表面的东西留下来。
心：什么，作为歌手却没有主题？
灵魂：烧以赛亚的煤，人还可以有更多的希冀？
心：在火的素朴中寂然无声。
灵魂：看好那火，里面有拯救。
心：除了原罪这一主题，荷马还有别的吗？

8

冯·许戈尔[①]，我们一定要分道扬镳吗？
我们很接近，
对于圣徒的神迹，我们都表示认可，
对于高贵的品行，
我们都表示尊重。
圣忒瑞莎的遗体完好，躺在坟墓中，
在神秘的油中浸泡着，芳香扑鼻，
从刻字的棺木中愈合。
那曾经制作法老木乃伊的手
可能使一位现代圣徒的躯体永生，
尽管我心里颇感宽慰，
可是，如果我变成一个基督徒，
选择关于人死后的教义，

① 弗里德里希·冯·许戈尔（1852—1925），天主教哲学家，在他看来，基督徒的幻观就是艺术家的幻观，这和叶芝的观点不符。

——扮演上天命定的角色。

我的榜样就是荷马和他未受洗礼的心。

那狮子和蜂窝，《圣经》上是如何说的？

那么，冯·许戈尔，你走吧，尽管我会祝福你。

格伦达涝的溪流和太阳

溪流和飞翔的太阳
曲折前行，
我的整颗心似乎很高兴，
可是我却因为一些曾经做过的蠢事
而心神不宁。

忏悔让我的心变得迷乱；
我是什么人，竟然敢
痴心妄想我能比一般人
更自足
或更有远见卓识？

太阳、溪水或眼睑的什么行动
所发射的光芒，
穿透我的身体，
什么使我的生活像它们一样，
自生，自新？

新诗（1938）

可爱的舞者

在花园光洁的草坪上，
有姑娘在舞蹈，
那里的草刚修剪过，繁花落了一地，
从懊恼的青春中挣脱出来，
从拥挤的人群中挣脱出来，
从心头的阴霾中挣脱出来。
啊，舞者，啊，可爱的舞者！

如果从屋子里走出来一个陌生人，
要带走她，可千万不要说
她之所以快乐，是因为神志失常了；
轻声地引开他，
让她把舞蹈跳完，

让她把舞蹈跳完，

啊，舞者，啊，可爱的舞者！

伟大的日子

革命万岁，革命行为！万弹齐发！
走路的被骑马的欺凌。
革命！大炮又发射出去了！
即便乞丐转换角色，欺凌仍在发生。

桂冠诗人的典范

从中国到秘鲁的皇位，
形形色色的帝王产生，
被千姿百态的男男女女，
称作崇高和杰出；
他们之间又有何分别，
即使有这些政事的原因，
竟辜负了他们的爱人，
辜负了他们的爱人？

有人讨好曾经落魄的王，
和颠倒黑白的王，
他们通过武力进行统治，

让人们觉得害怕，
或沉醉或清醒地自在生活，
在那儿，没人敢反驳他们，
竟辜负了他们的爱人，
辜负了他们的爱人？

诗人不发一言，当名流们
称赞一个现代皇帝，
那些可以交易的赞美，
那些傻瓜执掌的职位，
那蜡印的图章，那签字，
哪些素养较高的人会因为这些
而辜负了自己的爱人，
辜负了自己的爱人？

那些形象

假如我让你远离
精神的樊笼？
在和风细雨里
方能更好地历练。

我从来没有给你发出指示
去莫斯科或罗马，
快把那件苦营生放下吧，
唤缪斯回家。

去找寻那些形象，
他们构成自然世界。

找一只振翅的苍鹰
在空中，
好好看看那些形象
缪斯的歌为他们而唱。

叶芝生平及作品年表

1865 年　6 月 13 日出生在都柏林的一个画家家庭。

1887 年　举家搬到伦敦。

1888 年　编写《民间传说故事集》。

1889 年　出版第一部诗集《漫游的奥辛及其他诗》，引起巨大反响。邂逅对他的一生都有重要意义的女活动家茅德·冈。

1891 年　创办伦敦爱尔兰文艺协会。

1892 年　在都柏林建立民族文艺协会。创作剧作《凯瑟琳伯爵夫人》

1896 年　参加爱尔兰共和国革命组织。

1899 年　出版诗集《苇间风》。

1902 年　出版诗剧《奥立汉的凯瑟琳》。

1903 年　出版诗集《在那七片森林里》。

1904 年　与剧作家格雷戈里夫人和约翰·辛格创办了阿贝剧院，自己出任院长。创作剧作《国王的门槛》。

1907 年　剧作《黛尔丽德》发表。

1910 年　出版诗集《绿盔及其他诗》。

1914 年　出版诗集《责任》。应邀赴北美讲学。

1916 年　出版诗集《1916 年的复活节》。

1917 年　与乔治·海德·李斯结婚。

1919 年　出版诗集《柯尔庄园的野天鹅》。

1922 年　出任爱尔兰自由邦参议员，成为都柏林两所著名大学的荣誉文学博士。

1923 年　12 月 12 日获得诺贝尔文学奖。

1925 年　出版诗集《幻景》。

1928 年　出版诗集《塔楼》。

1933 年　诗集《盘旋的楼梯及其他诗》问世。

1938 年　出版诗集《新诗》。

1939 年　1 月 28 日因心脏病发作在法国离世。

1948 年　灵柩被运回故乡。